Carl Frickhöffer

Ueber Correctopie

Antigonos

Carl Frickhöffer

Ueber Correctopie

Unveränderter Nachdruck der Originalausgabe von 1880.

1. Auflage 2024 | ISBN: 978-3-38694-599-8

Antigonos Verlag ist ein Imprint der Outlook Verlagsgesellschaft mbH.

Verlag: Outlook Verlag GmbH, Zeilweg 44, 60439 Frankfurt, Deutschland
Vertretungsberechtigt: E. Roepke, Zeilweg 44, 60439 Frankfurt, Deutschland
Druck: Libri Plureos GmbH, Friedensallee 273, 22763 Hamburg, Deutschland

Ueber

CORECTOPIE.

Inaugural - Dissertation

zur Erlangung der Doctorwürde

bei

der medicinischen Facultät

der Rheinischen Friedrich - Wilhelms - Universität zu Bonn

eingereicht und mit den beigefügten Thesen vertheidigt

am 7. August 1880, 4 Uhr,

von

Carl Frickhöffer.

Mit einer lithographirten Tafel.

Bonn,

Universitäts-Buchdruckerei von Carl Georgi.

1880.

Dem Andenken

meines Oheims,

Hofrath Dr. Alexander Pagenstecher.

Um das Bild einer Corectopie, einer dieser selteneren Missbildungen des menschlichen Auges, recht klar und anschaulich zu machen, dürfte es wohl zweckdienlich sein, zunächst auf das Zustandekommen einer solchen congenitalen Abnormität, auf die Entwickelungsgeschichte der dabei interessirten Theile des Auges näher einzugehen.

Die Iris tritt gegenüber den anderen Theilen des Auges als eine ziemlich späte Bildung auf; ihre ersten Andeutungen erscheinen beim Menschen gewöhnlich im 2. bis 3. Monat. Man hatte früher im Allgemeinen angenommen, dass sie ihren Ursprung lediglich aus der Chorioidea herleite und als ein einfacher Auswuchs aus derselben erscheine. Allerdings ist die fötale Iris bis zum 6. Monat ohne Andeutung einer Spalte in der Nähe des Chorioidealspaltes, also nach innen und unten, etwas schmäler, und steht mit dem vorderen Ende der Chorioidea, wenn auch nicht indirect, so doch durch ein feinmaschiges Zwischengewebe in Verbindung, welches sich erst später zum tensor chorioideae ausbildet. Allein dieses Verhältniss zur Chorioidea ist nicht als der alleinige Ursprung anzusehen; denn es ist in der neueren Zeit durch mannigfache Untersuchungen dargethan worden, dass noch ein anderes wesentliches Moment bei der Irisentwickelung hinzukommt, indem nämlich auch die sekundäre Augenblase an ihrer Bildung theilnimmt.

Die beiden Blätter der secundären Augenblase haben sich zu der Zeit, wo die Chorioidea erscheint, schon beinahe vereinigt und sind nur durch die stärkere Pigmentirung der äusseren (hinteren) von einander zu unterscheiden, während das innere in seiner Entwickelung so weit fortgeschritten ist, dass es im feineren Bau schon die Struktur der Retina zeigt.

Halten wir uns im Allgemeinen an die Darstellung von Manz[1]), so sehen wir, dass der Beginn der Irisentwickelung sich zuerst bemerkbar macht in einer Verdünnung und zugleich Verlängerung der vordersten (inneren) Abtheilung der secundären Augenblase. Diese muss, da das hintere (äussere) Blatt zu dieser Zeit nur noch eine dünne, kaum wahrnehmbare Schicht darstellt, ausschliesslich dem inneren zufallen. Durch diese Verdünnung, welche an einer bestimmten Stelle beginnt und gleichsam einen hervorstehenden Rand bildet, wird zugleich die innere Lamelle in eine vordere und hintere Abtheilung geschieden, die letztere wird zur eigentlichen Retina, die vordere zur pars ciliaris retinae und Iris. „Der Anstoss zur Isolirung der Iris von der vorderen Bulbuswandung liegt somit eigentlich in einer Wucherung der sekundären Augenblase, welche nach vorn einem den Kopfplatten entstammenden Ueberzug sich anschliesst." Die Kopfplatten liefern zur Bildung der Iris zunächst nur Blutgefässe, welche zum Theil in die Pupillarmembran übergehen, um dann, um den Pupillarrand umbiegend, sich mit den von hinten herkommenden Gefässen der hinteren Kapsel in Verbindung zu setzen.

Julius Arnold[2]) lässt es unentschieden, ob und inwiefern die vordere (innere) Lamelle der sekundären Augenblase an der Bildung der Iris theilnimmt und lässt die Iris entstehen durch Auswachsen des vor der Umschlagstelle

---

[1]) Handbuch der gesammten Augenheilkunde von Graefe und Saemisch, II. Bd. 2. Theil: Entwickelungsgeschichte des Auges § 11. pag. 19.

[2]) Beiträge zur Entwickelungsgeschichte des Auges. Heidelberg 1874, p. 64.

gelegenen Abschnittes der Kopfplatten in der Richtung gegen die Augenaxe. Kessler[1]) stellt mit Bestimmtheit in Abrede, dass die Bildung der Ciliarfalten und der Iris von den Kopfplatten ausgeht, oder dass dieselben dabei die Hauptrolle spielen; letztere kann seinen Untersuchungen nach nur der secundären Augenblase zugeschrieben werden.

Kommen wir nun auf das Entstehen der Corectopie zurück, so möchte zunächst wohl die Frage zu erörtern sein, ob wir es hier absolut nur mit einer sogenannten Bildungshemmung zu thun haben oder mit einer pathologischen Entwicklung oder vielleicht drittens mit beiden Vorgängen zugleich. Nach der vortrefflichen Beantwortung dieser Frage durch v. Ammon[2]) „wird sich derselbe als ein gemischter Zustand ergeben, d. h. als ein solcher, bei dem Hemmung in der Ausbildung und eine pathologische Richtung zusammenwirken.

Der blaue noch sehr schmale Ring, als welcher die Iris zuerst auftritt, ist nicht überall ganz gleich, sondern erscheint besonders nach innen hin etwas schmäler. Diese Eigenthümlichkeit scheint darauf zu beruhen, dass der Bildungstrieb an der früher nach innen, später nach unten hin gelegenen Verwachsungsstelle des Chorioidealspaltes weniger rasch und kräftig vorwärts geht, als an den übrigen peripherischen Theilen des Ciliarkörpers; hierin mag wohl auch der Grund liegen, dass selbst bei vollkommen ausgebildeter Iris das untere Segment schmäler als das obere ist und die Pupille eigentlich nie ganz im Centrum liegt. Ein solcher eigenthümlicher Bildungsvorgang kann aber sehr leicht, wenn er nur etwas die Norm überschreitet,

---

[1]) Zur Entwicklung des Auges der Wirbelthiere. Leipzig 1877, pag. 102.

[2]) Klinische Darstellung der angeborenen Krankheiten des Auges. pag. 26. Tab. IX.

eine pathologische Richtung annehmen und die Corectopie in ihren verschiedenen Formen und Komplikationen mit Dyscoria (abnorme Form der Pupille) und Polycoria (mehrere Pupillen zugleich) bedingen.

Nach diesen verschiedenen Abweichungen in der Ausbildung des Irissegments entstehen nun verschiedene Grade der Corectopie; je stärker die Corectopie hervortritt, desto eher wird sich auch immer eine unregelmässige Form der Pupille bilden (Dyscoria), die wohl auch selbst wieder in Polycoria übergehen kann."

Im Allgemeinen muss man wohl annehmen, dass die Entstehung der Corectopie durch Störungen in der Ausbildung des Iriszirkels, wenn auch nicht absolut allein bedingt, so doch in hohem Grade beeinflusst wird, wobei aber, wie wir später erwähnen werden, nicht ausgeschlossen sein wird, dass auch die Krystalllinse und die Pupillarmembran häufig an der abnormen Entwicklung Schuld tragen werden.

Nehmen wir an, dass diese Störungen eine unregelmässige Bildung des Irisparenchyms nach sich ziehen, dass sie sich hauptsächlich zeigen in Gestaltsveränderungen der Pupille und des Pupillarrandes, stellen wir uns vor, dass das Wachsthum des letzteren an irgend einer Stelle zurückbleibt, dagegen an einer andern sich stärker entwickelt, dass sich ein zungenförmiger Vorsprung oder nur ein dünner, feiner Auswuchs bildet, greift dieser bis auf den gegenüberliegenden Pupillarrand über, tritt hier eine Verklebung oder wohl gar eine Verwachsung ein, so haben wir die ganze Entwickelung der Corectopie mit ihren verschiedenen Modificationen und Complikationen mit Polycorie und Dyscorie.

Nach Manz [1]) sind bei der Frage nach dem Entstehen der Corectopie zunächst alle diejenigen Fälle auszuscheiden,

---

[1]) L. c. Cap. VI. § 16, pag. 92.

welche dem Colobom angehören. Dann müssten auch, um
die reineren Formen der Ectopie genügend erklären zu
können, die Vorgänge resp. die jedesmaligen Störungen
bei der Entwicklung der Membran genauer erforscht sein,
als sie es bis jetzt sind. Doch dürfte wohl behauptet
werden, dass, wenn wir die Entstehung der Iris zugleich
in ihrem Verhältniss zur Linse und Pupillarmembran be-
trachten, durch Störungen in der Entwicklung dieser Theile
des Auges auch das Wachsthum der Iris möglicherweise
stark beeinflusst und grössere oder kleinere Ungleichheiten
in der Entwicklung des Irisringes herbeigeführt werden
könnten, ohne dass man jedoch im Stande wäre, genau
anzugeben, in welcher Weise diese Störungen auftreten
und inwiefern ihre Wirkung sich zeigt.

Der Umstand, dass in sehr vielen Fällen mit Corectopie zugleich eine Linsenectopie oder auch wohl eine
congenitale Catarakt verbunden ist, spricht sehr deutlich
dafür. Der Grund für diese Complikation bei Corectopie
muss wohl in Störungen bei der Entwicklung der Zonula
gesucht werden, und wir finden auch in vielen Augen, in
denen congenitale Linsenectopie vorhanden ist, einen Defect
in derselben.

Die Entwicklung der Zonula leitet sich bekanntlich
her aus der Verschmelzung des am Linsenrand gelegenen
Theiles der gefässhaltigen Linsenkapsel mit dem vorderen
Ende der sekundären Augenblase. Wenn nun, wie leicht
anzunehmen ist, das Zustandekommen der Corectopie auch
vielleicht eine mangelhafte Entwicklung der Zonula an
derselben Stelle mit sich gebracht hat, sodass also an
dieser Stelle die Linse ihrer Spannung und ihres Zuges
entbehrt, so ist es leicht erklärlich, wesshalb so häufig
eine Ectopie der Linse mit Ectopie der Pupille verbunden
ist und warum dieselben gerade in entgegengesetzter
Richtung sich entwickelt haben.

Gescheidt ist der erste gewesen, welcher dieser

Missbildung den Namen Corectopie gegeben hat, nachdem er selbst mehrere Fälle beobachtet hatte.

So sehen wir also, wenn wir dies Alles zusammenfassen, dass das Zustandekommen der Corectopie wesentlich bedingt ist durch ein abnormes Wachsthum des Pupillarrandes der Iris nach einer Seite hin infolge von Störungen in der Ausbildung des Iriszirkels und je nach der Art des Wachsthums haben wir es zu thun mit einer Dyscoria, wenn die Gestalt der Pupille nicht rund, sondern unregelmässig und gezackt erscheint, oder mit Polycoria, wenn das Wachsthum der Iris nicht gleichmässig an allen Seiten des Pupillarrandes vorrückt, sondern einzelne Vorläufer und Sprossen vorausschiekt, die dann eine Theilung in zwei oder mehrere Oeffnungen oder Pupillen zur Folge haben.

Das Vorkommen der Corectopie ist meist auch noch mit anderen Abnormitäten oder Missbildungen des Auges verbunden, wie sie sich z. B. sehr häufig bei Microphthalmus findet. In manchen Fällen liegt die Linse sogar so weit von dem normalen Orte entfernt, dass sie nur bei einer bestimmten Blickrichtung ophthalmoscopisch wahrgenommen werden kann oder sie schwimmt noch als ein beweglicher Körper im Glaskörper umher, und kommt dann entoptisch zur Wahrnehmung.

Nicht so selten zeigt sie den Anfang einer Cataraktbildung, und dies um so häufiger, je älter das betreffende Individuum ist. Oft ist sie auch noch theilweise im Pupillargebiet vorhanden, wenn auch nach einer Seite hin dislocirt, wobei monoculaere Diplopie beobachtet worden ist. Irisschlottern, ein Zeiehen, dass die Linse als Stütze der Iris weggefallen ist, ist zwar nicht immer, aber doch in den meisten Fällen vorhanden.

Die Lage der ektopischen Pupille ist eine sehr verschiedene; häufiger ist sie nach oben, seltener nach unten oder nach innen decentrirt, am seltensten findet man sie nach aussen verschoben, wobei aber immer eine schräge Richtung überwiegt.

Auch ihre Form ist oft verändert, die runde Gestalt ist in eine gestreckt ovale übergeführt; sie kann herzförmig sein, senkrecht stehend; ferner zeigt der Rand auch nicht immer scharfe Conturen; oft ist er gezackt und eckig; dies ist besonders der Fall bei dem Vorhandensein von mehreren Pupillen. Nach v. Ammon [1] „ist die Gestalt der überzähligen Pupille nicht eine runde, sondern mehr oder weniger ovale oder spaltartige; der Ort nicht genau bestimmt. Auch entbehren diese Pupillen nicht der Bewegungsfähigkeit, sei sie eine freiwillig organische, sei sie künstlich durch Belladonna bewirkt. Ein visus duplicatus oder triplicatus wird durch sie nicht erzeugt, das Sehen bleibt einfach“.

Sonstige Veränderungen in der Iris sind meistentheils nicht vorhanden, Radiärfaser und circuläre Leiste sind gut ausgebildet, nur bisweilen ist letztere nach innen zu besser entwickelt als nach den anderen Seiten. Die Reaktion auf Atropin fällt sehr verschieden aus. Die Sehschärfe ist mehr oder weniger herabgesetzt, in vielen Fällen ist Myopie zu konstatiren.

Die Farbe der Iris ist meistens normal und gut schillernd, die brechenden Medien sind im Uebrigen meistens klar, Papille und sonstige Einzelheiten des Augenhintergrundes deutlich sichtbar.

Durch die Güte meines hochverehrten Lehrers, Herrn Prof. Saemisch, ist es mir nun gestattet worden, die Corectopie bei drei Geschwistern, die sich in der hiesigen Augenklinik vorstellten, wiederholt eingehend zu untersuchen und die Resultate dieser Untersuchungen zu ver-

---

[1] L. c.

öffentlichen. Die in der Literatur bekannten Fälle will ich mit einer kurzen Beschreibung voraufgehen lassen.

Wohl einer der ältesten Fälle ist der von Dr. Müller[1]) veröffentlichte. Es handelt sich hierbei um Corectopie bei Microphthalmus. Die Bulbi sind ausnehmend klein, Cornea und Iris sehr schwach entwickelt. Die Pupillen, welche vollständig rund sind, liegen in beiden Augen nicht in der Mitte, sondern am unteren Rande der Iris, so dass das Individuum blos aufwärts, aber nicht abwärts sehen kann, indem die Pupille beim Sehen nach unten sofort von dem unteren Augenlid bedeckt wird.

Zwei Fälle bei zwei Geschwistern hat Albrecht von Graefe[2]) beschrieben. Die Augen dieser Kinder sind von jeder sonstigen Missbildung frei, keine Andeutung von Microphthalmus vorhanden, die Eltern vollständig gesund. Bei dem einen Kinde, einem Knaben von 10 Jahren ist auf dem rechten Auge die Pupille nach unten und etwas nach innen verschoben und hat die Form einer Ellipse. Linkerseits liegt die Pupille oben und innen. In beiden Augen sind die Linsen im Pupillargebiet sichtbar, aber nach der entgegengesetzten Seite, wie die Pupillen verschoben und liegen so, dass die Pupille gleichsam in zwei Theile getheilt wird, indem der Aequator der Linse in der Mitte zu sehen ist, senkrecht stehend zur Längsaxe der Pupille. Der Sphinkter iridis ist an der schmalen Stelle fast gar nicht vorhanden, die Pupillen reagiren aber prompt auf Atropin und Lichteinfall und zwar bildet der schmale Theil der Iris bei den Kontraktionen einen fixen Punkt, nach dem sich der übrige Theil der Pupille zusammenzieht, sodass bei zunehmender Kontraktion die Ellipsen immer schmäler werden und sich nach dem schmalen

---

[1]) Zeitschrift für Ophthalmologie von v. Ammon, Bd. V. pag. 322.
[2]) Archiv für Ophthalmologie von Donders und v. Graefe, Bd. II. 2. Abtheilung. pag. 255.

Iristheil mehr und mehr zuspitzen. Auf dem rechten Auge ist Diplopie vorhanden, die Bilder liegen übereinander, auf dem linken, wo die Linsendislokation bedeutender ist, konnte Patient mit 'scharfen Convexgläsern die feinste Schrift erkennen. Iridodonesis war im Allgemeinen, besonders aber an den Rändern der Pupille sehr stark vorhanden. Auf dem rechten Auge, wo Patient zum Erkennen den nicht aphakischen Theil der Pupille benutzte, konnte ein exquisit myopischer Bau des Auges konstatirt werden, der durch Konkavgläser nicht vollständig zu korrigiren war. Der Augenhintergrund und die brechenden Medien waren normal. — Bei dem andern Kinde, einem Mädchen von $1^3/_4$ Jahren, ist die Pupille auf dem rechten Auge nach unten und um ein Weniges nach aussen dislocirt, links nach oben und etwas nach aussen; die Form bei beiden elliptisch. Die sonst normalen Linsen, in beiden Pupillen sichtbar, sind hier in der Weise aus ihrer Stellung verrückt, dass auf dem rechten Auge der Aequator einen nach aussen und unten, auf dem linken einen nach aussen und oben konvexen Bogen bildet. Irisschlottern ist auch hier in bedeutendem Grade vorhanden. Die Art und Weise der Pupillenkontraktion, der Bau der Iris und des Sphinkter waren dieselben, wie bei dem Knaben. Das Sehvermögen konnte bei dem Alter der Patientin nicht genau bestimmt werden.

In dem Bericht von Alexander[1] hatten die Pupillen die Form eines mit seiner Längsaxe vertikal gestellten Ovals und lagen beiderseits nach aussen. Mit Ausnahme einer grossen atrophischen Sichel rechts um die Sehnervenpapille ergab sowohl die Untersuchung mit dem Augenspiegel, als auch die Betrachtung der vorderen Kammern und der Hornhäute keine Abnormitäten. Auf dem

---

[1] Klinische Monatsblätter für Augenheilkunde von Zehender, XII. Jahrgang. pag. 66.

rechten Auge, wo starkes Iriszittern vorhanden war, zeigte sich an dem inneren grösseren Segmente der Iris eine stärkere Convexität und Hervorragung derselben in die vordere Kammer hinein, wodurch man schon allein die Luxation der Linse nach dieser Seite hin konstatiren konnte, „links befand sich die Linse in ihrem Aufhängeband". Die Reaktion auf Licht und Mydriatica war beiderseits vollkommen.

Eine einseitige Corectopie beschreibt Thomas R. Pooley[1]). Die Abnormität war blos auf dem rechten Auge vorhanden und hatte dem Patienten mit Ausnahme einer geringen Sehwäche auch nie namentliche Beschwerden verursacht; er stellte sich in der Klinik wegen einer Conjunctivitis catarrhalis ein. Die längliche und schmale Pupille lag im inneren unteren Segment der Iris, nur durch einen ganz kleinen Streifen Iris vom Ciliarrande entfernt. Die Pupille zeigt schwache Reaktion auf Licht und Atropin. Die Linse war speichenartig von der Peripherie gegen das Centrum hin getrübt, ebenso auch der Kern undurchsichtig, liess aber doch noch einen normalen Hintergrund erkennen. Emmetropie. Verf. hält die Catarakt für angeboren.

Ausserdem sind an derselben Stelle noch kurz erwähnt die Beschreibung der Fälle von Soelberg Wells[2]), von Bader[3]), der meistens eine Verschiebung der Pupille nach oben beobachtete, von Wecker[4]), von Galezowski[5]), von Dixon[6]), der eine Pupillenverschiebung an beiden Augen nach aussen und oben beobachtete mit

---

[1]) Archiv für Augen- und Ohrenheilkunde von Knapp und Moos, III. Bd. 1. Abth. pag. 171.

[2]) Treatise on the Diseases of the Eye, 2. Auflage.

[3]) The Human Eye, its Natural and Morbid Changes.

[4]) Maladies des yeux, I. Bd. pag. 435.

[5]) Traité des maladies des yeux.

[6]) Royal Ophthalmic Hospital Reports, I. Bd.

Dislokation der Linse nach innen und unten, welche durch
Convexität der Iris an dieser Stelle dokumentirt wurde.
Die nähere Literatur dieser Fälle stand mir nicht zu
Gebote.

Der von Manz [1]) beobachtete Fall von doppelseitiger
Corectopie zeigt uns auf dem rechten Auge die Verschiebung nur in geringem Masse nach unten, auf dem linken
so bedeutend nach oben, dass die Pupille ganz nahe dem
Hornhautrande liegt. Form der Pupillen senkrecht oval,
Reaktion prompt. R. starkes Iriszittern, Pupille ganz schwarz,
während auf dem linken Auge bei Bewegungen des Auges
ab und zu eine weisse Masse auftaucht, welche Verf. als
geschrumpfte Catarakt ansieht. Starke Amblyopie.

Sehr interessant ist eine Beobachtung, die Simrock [2])
mitgetheilt hat. Es handelt sich hier um einen Fall von
Myosis und Corectopie infolge von ungleichmässiger Ver-
theilung accessorischer Sphinkterfasern der Iris. Während
alle anderen Theile des Auges normal befunden wurden
und demgemäss auch das Sehvermögen gut war, bot nur
die Iris eine auffällige Veränderung dar. Die unregelmässig gezackte und eckige Pupille hatte eine Verschiebung nach oben und innen erlitten und zeigte hochgradige
Myosis. Die Zeichnung der Oberfläche beschränkte sich
auf eine radiäre Streifung, während jene oberflächliche
Zellgewebsschicht, welche die zierliche Anordnung der Iris
im normalen Auge vermittelt, vollständig fehlte. „Die
radiäre Streifung setzte sich durch die ganze Iris hindurch
und verdankte ihre Entstehung der oberflächlichen Lage.
einer dichten Schicht radiär verlaufender breiter Faserbündel". An den Stellen, wo diese Fasern auseinander-
weichen, also mehr nach der Peripherie der Iris hin, kann
man zwischen ihnen hindurchsehen, und man entdeckt eine

---

[1]) L. c. § 16. pag. 92.
[2]) Würzburger medicinische Zeitschrift, III. Bd. pag. 412.

graubräunliche Haut, die den hintern Theil des Irisgewebes darstellt. Zwischen dieser Membran und den radiären Fasern springen stark braun pigmentirte, beinahe den ganzen Iriskreis durchziehende Streifen in die Augen, die weniger deutlich im oberen inneren Segment, dagegen sehr stark nach aussen und unten hervortretend und mit den Radiärfasern im rechten Winkel sich kreuzend, der Iris das Ansehen einer Mosaikfläche geben. Verf. „deutet die an der Oberfläche der Iris verlaufenden radiär gestellten Faserbündel als in dieser Richtung verlaufende Zellgewebsfasern und Gefässe; die tiefer gelegenen hält er für accessorische Ringmuskelfasern und denkt sich ihre Wirkung in kausalem Zusammenhang mit der Myose und der Corectopie. Als Beweis für die wahrscheinliche Richtigkeit dieser Ansicht glaubt er den Effect der Anwendung starker Atropinsolution auf die Form der Iris ansehen zu dürfen. Es schwindet nämlich mit der Myose auch die Corectopie, die Breite des Irisringes wird an allen Seiten gleich und die Mitte der Pupille fällt mit der Mitte der cornea zusammen. Die eckige Pupille scheint durch die ungleiche Länge der den Pupillarrand berührenden radiären Faserbündel bedingt zu sein."

Mooren[1]) sah die Corectopie in allen Fällen nach oben und aussen, zweimal doppelseitig an 2 Brüdern mit angeborener Linsenluxation; in einem Falle beobachtete er die Anwesenheit zweier kleiner Spaltbildungen in dem oberen Irissegment (Polycoria) bei normaler Lage der central gelegenen Pupille und vollständiger Integrität des Sehvermögens. Die Ektopie war seltener einseitig, wie doppelseitig; die Reaction auf Licht und Atropin vollkommen.

Neuerdings sind von Pufahl[2]) mehrere Fälle nebst

<hr>

[1]) Ophthalmiatrische Beobachtungen, pag. 122.

[2]) Centralblatt für praktische Augenheilkunde von Hirschberg, Oktober 1879, III. Jahrgang.

2 Mittheilungen aus der Pariser Klinik veröffentlicht worden, die ich hier kurz anführen will:

In dem ersten Fall (von Sichel fils beobachtet) handelt es sich um linksseitige Corectopie (das rechte Auge war durch Trauma atrophisch geworden), indem die Pupille nach oben und aussen verlagert ist. Die Form derselben ist längsoval von unten innen nach oben aussen, Reaction auf Licht nicht vorhanden, starke Iridodonesis, deutliche Radiärfaserung der Iris, im Pupillargebiet Aphakie, beim Blick nach unten legt sich die Iris in Querfalten. Interessant ist die entoptische Wahrnehmung des Patienten, dass wenn er wiederholt nach oben und unten blickte, er während einiger Zeit einen runden Körper wahrnahm, welcher den von ihm fixirten Gegenstand verdeckte. Verf. deutet diesen Körper als die durch indirekte Erschütterung des linken Auges bei dem Trauma des rechten aus ihrer Verbindung gelöste, im Auge frei bewegliche Linse und leitet den Umstand, dass die Iris sich bei dem Blick des Patienten nach unten in Falten legte, von Bewegungen der dahinter gelegenen Linse her.

Der 2te Fall, der den Bruder des vorigen Patienten betrifft, zeigte auf beiden Augen Corectopie. Auf dem rechten liegt die kleine ovale Pupille, deren grösster Durchmesser von unten innen nach oben aussen zieht, oben aussen, $1\frac{1}{2}$ mm von der cornea entfernt; starkes Irisschlottern, keine Reaction auf Lichteinfall. Im Pupillargebiet Aphakie, Rand der Linse nicht zu sehen, Glaskörper leicht getrübt, papilla nervi optici nicht sichtbar. Das linke Auge zeigt die Corectopie nach oben innen, Iridodonesis, Reaction auf Lichteinfall sehr lebhaft; ophthalmoscopisch Aphakie; nur bei dem Blick nach unten konnte man den oberen Rand der Linse, welcher in Form eines schwärzlichen Bogens den unteren Theil der Pupille kreuzte, sehen.

Der 3te Fall, von Pufahl selbst beobachtet, in

welchem es sich um einen Knaben von $12\frac{1}{2}$ Jahren handelt, ist deshalb interessant, weil hier Blutsverwandtschaft der Eltern vorliegt, indem diese Geschwisterkinder sind; ausserdem sind auch Vater und Grossvater in hohem Grade myopisch. R. Iridodonesis, Pupille nach oben aussen verlagert, schräg oval, grösster Durchmesser von oben aussen nach innen unten ziehend. An der schmalsten Stelle der Iris fehlt die Ringmuskulatur fast vollständig. Der Linsenrand ist nur dann wahrnehmbar, wenn der Blick tief nach unten und innen gerichtet ist und das Licht von oben hereingeworfen wird. Sehen nur excentrisch. L. ebenfalls Iridodonesis, Pupille queroval, gerade nach oben verlagert, Fehlen der Ringmuskulatur am schmalen Irisrande. Radiärfasern deutlich. Hier ist die Linse theilweise im Pupillargebiet sichtbar und zwar so, dass der obere Rand derselben die Pupille in einer Richtung schneidet, welche zwischen der vertikalen und horizontalen intermediär ist. Zum Sehen wird hier nur der stark lichtbrechende Rand der Linse benutzt, indem der Knabe bis auf eine minimale Spalte die Lidränder einander nähert und dadurch den aphakischen Theil der Pupille ausschliesst. Auf beiden Augen reagirt die Pupille auf Atropin oder Lichteinfall sehr wenig oder gar nicht. Ophthalmoscopisch gewinnt man vom Augenhintergrund nur diffusen rothen Reflex, Details derselben nicht wahrnehmbar.

In dem 4ten Fall (ebenfalls von Pufahl beobachtet) ist R. die kleine längsovale Pupille nach oben und aussen verschoben. Iridodonesis und Reaction der Pupillen ebenso wie bei dem Vorigen. Hier sind die Muskeln der Iris, sowohl Radiär- wie Ringfasern vollständig vorhanden, mit Ausnahme des schmalsten Theiles der Iris, wo sich nur Ringfasern finden. Dagegen sind L. nur Ringfasern zu sehen. Die Linse ist R. ganz nach unten luxirt und scheint platt auf dem Boden des Auges fixirt zu sein. L. hat die abnorm kleine Pupille eine eckige Form, einem abge-

stumpften Dreieck vergleichbar und ist ebenfalls nach oben
aussen verlagert. Mässige Reaction auf Atropin und Lichteinfall, die Linse ist nach dem Boden des Auges, nach
unten und aussen hin, luxirt. Die ophthalmoscopische
Untersuchung ergibt mit Ausnahme starker parallaktischer
Verschiebungen der Papille auf dem rechten Auge keine
Abnormitäten. —

H. Macnaugthen Jones[1]) beschreibt eine doppel-
seitige Corectopie nach aussen und oben mit normaler
Reaction der Pupille, ohne Ektopie der Linse.

An diese in der Literatur verzeichneten Fälle schliesse
ich diejenigen an, die in der hiesigen Augenklinik zur
Beobachtung kamen.

Die 3 Geschwister stellten sich mit ihren Eltern zusammen in der Augenklinik vor, um sich wegen des eigen-
thümlichen Ausdrucks ihrer Augen und ihrer mehr oder
weniger schwachen Sehschärfe Raths zu holen. Es zeigte
sich hierbei, dass auch die Augen der Eltern keineswegs
normal waren. In dem Journal der Klinik habe ich darüber folgende Notizen gefunden:

Vater: R. concav-cylinder — $\frac{1}{5}$ Achse | S $= \frac{20}{70}$,
ophthalmoscopisch: kleines Staphylom, sehr starker Astigmatismus myopicus. (Vertikaler Meridian fast emmetro-
pisch.) — L. $+ \frac{1}{40}$ S $= \frac{20}{40}$, $+ \frac{1}{15}$ Sn 1,25. Die Pupillen
beiderseits, besonders aber rechts, haben eine ovale Form
und zwar geht auf beiden Seiten der längste Durchmesser
von innen unten nach oben aussen. Sie liegen vollständig
im Centrum des Auges und zeigen gewöhnliche Reaction.

Mutter: R. Catarakta incipiens, flottirende Glaskörpertrübung, Staphyloma posticum (förmliche Ektasie), umgeben
von weissen chorioiditischen Flecken, besonders nach der

---

[1]) Dubl. J. of. medic. sc. Februar 1879.

maeula hin. Zählt Finger auf 6' Entfernung, mit — $\frac{1}{4}$ Finger auf 20'. — L. Finger werden auf 4 Fuss Entfernung gezählt, starke Conkavgläser bessern kaum, grössere Sehrift wird in nächster Nähe gelesen (3—4 Zoll).

Drei Kinder [1] dieser Eltern habe ieh nun mehrfach zu sehen Gelegenheit gehabt und bei den Untersuchungen ihrer Augen Folgendes gefunden.

1) Elisabeth W. aus Beuel, 21 Jahre alt.

Patientin gibt an, seit ihrer frühesten Jugend nie gut gesehen zu haben, und zwar soll die Sehwaehsiehtigkeit so stark gewesen sein, dass sie nieht einmal habe lesen und sehreiben lernen können. Die Untersuehung ergibt:

R. A. (v. tab. Fig. 1). Der äussere Bau des Auges zeigt keine sonderlichen Veränderungen. Cornea ist von normaler Grösse, vordere Kammer zeigt gewöhnliche Dimensionen. Die Iris ist graublau und sehillert gut; sie sehlottert in ihrer ganzen Ausdehnung und legt sieh bei den versehiedenen Riehtungen des Blickes in Falten. Die normal grosse Pupille hat eine schief elliptische Gestalt und zwar zieht der längste Durehmesser von oben aussen naeh unten innen, ihr Rand erscheint gezaekt. Sie ist vollständig aus dem Centrum des Auges disloeirt und liegt unten und innen, nahe an der Grenze von Cornea und Iris. Ringfasern und radiäre Falten sind vollständig vorhanden, nur erseheinen erstere an der der Cornea näher gelegenen Stelle entsehieden schmäler. Bei fokaler Beleuehtung sieht man, dass die einzelnen Radiärfaserbündel von der Peripherie in eonvergenter Riehtung naeh der Pupille hinziehen, um dort in die Zipfel und Zapfen

---

[1] Auch die älteste Toehter soll naeh Angabe dieselben Erscheinungen an den Augen besitzen, wie die jüngeren Gesehwister, doch war die Untersuehung derselben nieht möglieh.

derselben einzumünden. Die Reaktion auf Atropin ist eine vollkommene, sowie die Verengerung der Pupille auf Lichteinfall eine vollständig gleichmässige. Bei dem geradeaus gerichteten Blick der Patientin ist von der Linse nichts zu entdecken; es besteht vollständige Aphakie, erst wenn man sie tief nach unten und innen sehen lässt und das Licht von oben in die Pupille hineinwirft, sieht man die Linse frei beweglich auf dem Boden des Auges liegen. Ophthalmoscopisch zeigen sich einige flottirende Glaskörpertrübungen, vom Augenhintergrund gewinnt man rothen Reflex, die Papille ist zu sehen und erscheint normal, nach aussen von ihr ist die Chorioidea sichelförmig atrophirt. Nach der Macula hin ist eine diffuse Atrophie der Pigmentschicht der Retina zu konstatiren. Da die Patientin nicht lesen konnte, musste die Sehschärfe mittelst Typen festgestellt werden. Es ergab sich R. S + 2, 25 D = $^{20}/_{40}$. Mit unbewaffnetem Auge konnte sie die Tafel auf 20′ nicht erkennen. Es ist wohl hier ein myopischer Bau des Auges anzunehmen.

L. A. (v. tab. Fig. II). Der äussere Bau des Auges, Cornea und vordere Kammer sind wie auf dem rechten Auge vollständig normal, Iris graublau. Iridodonesis bei Bewegungen des Auges, in den verschiedenen Stellungen legt sich die Iris in Falten. Die Pupille ist normal gross und rund, nur ist der Rand derselben nach oben und aussen etwas gezackt, sie liegt fast vollständig im Centrum der Iris, nur ein wenig nach innen verschoben. Die cirkulären Fasern sind auf allen Seiten gleichmässig entwickelt, die Radiärfasern münden auch hier, wie auf dem rechten Auge in die einzelnen zipfelförmigen Auswüchse des Pupillarrandes der Iris hinein. Die Reaktion auf Atropin und Lichteinfall ist eine vollkommene. Die Linse ist zum Theil im Pupillargebiet sichtbar, sie erscheint nach aussen verschoben, ihr stark lichtbrechender Rand schneidet die Mitte der Pupille in

senkrechter Richtung. Der Augenhintergrund erscheint
normal, nur sind auch hier, ebenso wie auf dem rechten
Auge, einige atrophische Stellen um die Papille vorhanden. Es ist monokuläre Diplopie zu konstatiren, man gewinnt von der Papille zwei Bilder nebeneinander. $S + 1, 5$
$D = {}^{20}/_{50}$.

2) Catharina W. 17 Jahre alt.

Patientin ist von den drei Geschwistern diejenige,
deren Sehschärfe sich der normalen nähert. Sie hat Lesen
und Schreiben gelernt und zeigt überhaupt mehr Intelli-
genz, als ihre beiden andern Geschwister, die etwas zum
Cretinismus neigen. Sie gibt an, mit dem linken Auge
immer ziemlich gut gesehen zu haben, wenn auch das
Sehen in die Ferne nicht ganz deutlich gewesen sei, dagegen sei die Sehschärfe auf dem rechten Auge immer
sehr gering gewesen.

R. A. (v. tab. Fig. III). Am äusseren Bau des Auges
ist keine Abnormität zu entdecken, die Cornea ist klar und
von normaler Grösse, ebenso die Tiefe der vorderen Kammer, die brechenden Medien sind hell und durchsichtig.
Die graublaue Iris ist nach unten und etwas nach
innen zu von einem eiförmigen Pupillarloch durch-
brochen und zwar ist die breitere Partie nach oben, die
schmälere nach unten gerichtet. Bedeutende Iridodonesis in der ganzen Cirkumferenz der Iris ist vorhanden,
sonst zeigt die Iris in der Anlage der Ring- und Radiärfasern keine Veränderungen, die ersteren umgeben die
Pupille gleichmässig von allen Seiten und sind an der der
Cornea näher gelegenen Stelle ebenso stark vorhanden, wie
an der gegenüberliegenden. An vielen Stellen erscheint
die Iris gefaltet. Die Pupille reagirt lebhaft auf Licht
und Atropin. Die Linse, welche normale Transparenz
zeigt, liegt oben im Pupillargebiet und zwar so, dass ihr

Rand einen nach innen und unten konvexen Bogen bildet.
Ophthalmoscopisch erscheint der Augenhintergrund normal, von einem Colobom der inneren Augenhäute ist nichts
zu entdecken; monoculäre Diplopie, die Bilder liegen schief
über einander, keine Glaskörpertrübung. Wenn P. einen
Gegenstand fixiren wollte, benutzte sie den im oberen
Theil der Pupille liegenden Rand der Linse, indem sie
durch starkes Aneinanderziehen der Lider den unteren
aphakischen Theil der Pupille ausschloss und zählte so
mit unbewaffnetem Auge Finger auf drei Fuss Entfernung.
Es wurde versucht mit sphärischen oder cylindrischen
Gläsern etwas zu erreichen, allein es misslang und man
muss wohl starken Astigmatismus neben bestehender Myopie annehmen.

L. A. (v. tab. Fig. IV). Das Auge zeigt äusserlich
ebenfalls normale Dimensionen, ebenso transparente Cornea,
normale vordere Kammer und blaugraue Iris. Die Pupille
ist gerade nach unten verschoben und hat eine ovale
Form, deren längster Durchmesser senkrecht von oben
nach unten zieht. Iridodonesis in geringerm Masse als
bei dem andern Auge. Die Iris erscheint fast normal,
Ring- und Radiärfasern sind vollständig vorhanden, ebenso
die Reaktion auf Atropin vollkommen. Die Ringfasern
sind auch hier auf allen Seiten der Pupille gleich stark
vertreten. Die Linse liegt vollständig im Pupillargebiet
und scheint also zugleich und in derselben Richtung ektopirt, wie die Pupille. Sie ist aber doch hier wohl nur
lose in ihren Verbindungen, weil bei den Bewegungen
des Auges Irisschlottern vorhanden ist. Alle Details des
Augenhintergrunds, Papille und Gefässe sind deutlich sichtbar und normal, nur besteht etwas Chorioiditis. Die Sehschärfe ist im Verhältniss zu dem andern Auge und zu
den Augen der Geschwister eine gute zu nennen. Mit
— 1,25 D S = $^{20}/_{40}$. Es ist hier wohl ein ausgesprochen
myopischer Bau des Auges anzunehmen, der durch Con-

kavgläser nicht vollständig zu korrigiren ist, da stärkere Nummern keinen grösseren Effekt geben.

3. Ludwig W. 12 Jahre alt.

P. hat von seinen Geschwistern die geringste Sehschärfe. Er geht nur sehr vorsichtig, um nicht an Gegenstände anzustossen. Zur Fixation stellt er seine Augen in so eigenthümlicher Weise ein, dass man glauben sollte, er würde bedeutend über das fixirte Object hinaussehen. Er hat ebenfalls weder lesen noch schreiben gelernt, doch kennt er Zahlen und die Sehschärfe wurde mittelst Typen festgestellt. Während bei seinen beiden Schwestern die Iris eine graublaue Farbe besitzt, ist sie bei ihm braun und enthält auch auf ihrer äusseren Lamelle viele schwarze Pigmentflecke.

R. A. (v. tab. Fig. V.) Aeusserer Bau des Auges, Cornea und vordere Kammer sind normal. Die Iris schlottert in ihrem ganzen Umfange und zeigt vielfach Hervorwölbungen, längliche, radiär gestellte Wülste und Einsenkungen. Die ausnehmend kleine elliptische Pupille ist nach aussen und oben verschoben und liegt der cornea sehr nahe an, ihr längster Durchmesser zieht von unten innen nach oben aussen; ihre Ränder sind mehr oder weniger von sehr kleinen, zackigen Hervorragungen unregelmässig gestaltet. Ob diese Zacken und Zipfel als die Einmündungsstellen der Radiärfalten, deren Anordnung sonst normal ist, anzusehen sind, konnte man nicht genau unterscheiden wegen der vielfachen länglichen Wülste, welche die Iris durchzogen. Die circuläre Leiste fehlt an der schmalsten Stelle fast vollständig, während sie an der entgegengesetzten Seite stark entwickelt ist. Die Reaktion auf Lichteinfall und Atropin ist fast negativ. Im Pupillargebiet besteht Aphakie. Die Linse ist nur zu entdecken, wenn tief nach unten gesehen wird, sie liegt unten im Glaskörperraum und scheint auf dem Boden des

Auges angeheftet zu sein, da sie bei den verschiedenen Blickesrichtungen immer an ein und derselben Stelle verbleibt. Von Cataraktbildung ist an ihr nichts wahrzunehmen. Es besteht also hier vollkommene Ektopie der Pupille mit Luxation der Linse nach der entgegengesetzten Seite. Die brechenden Medien des Auges lassen das Licht des Augenspiegels gut durch und man bekommt vom Augenhintergrund und der Papille deutliche Bilder. Abnormitäten sind auch hier nicht zu erkennen. Der Knabe zählt mit unbewaffnetem Auge Finger auf 4′ Entfernung. $S + 4D = {}^{20}/_{70}$. In der Nähe liest er Zahlen Sn2 mit $+10D$.

L. A. (v. Tab. Fig. VI). Abnormitäten in dem äusseren Bau des Auges sind hier ebenfalls nicht vorhanden, Iriszittern ist in ziemlichem Masse vorhanden. Die Pupille ist klein, oval und nach aussen und oben verlagert. Die Ränder derselben sind hier vollkommen glatt und zeigen schön geschweifte Conturen. Die Iris ist in mannigfache Falten gelegt. Die Ringfaserschicht ist auch auf diesem Auge an dem der cornea näher gelegenen Theil der Pupille kaum vorhanden, dagegen an der anderen Seite hypertrophisch. Die Radiärfalten zeigen keine abnormen Erscheinungen. Aphakie. Die Linse ist nirgends zu entdecken, selbst nicht bei den verschiedenartigsten Bewegungen des Auges. Die Reaction der Pupille ist gleich Null. Ophthalmoscopisch ist von Einzelheiten des Augenhintergrundes wenig zu sehen, es besteht ziemlich starke Glaskörpertrübung, die nur an einzelnen Stellen einige chorioiditische Flecken durchscheinen lässt. Der Knabe ist nicht im Stande, mit diesem Auge auf 20′ die Tafel zu erkennen und zählt nur Finger auf 1 Fuss Entfernung.

Wir haben also hier Gelegenheit an fünf Augen eine Ektopie der Pupille zu beobachten und zwar erfolgte die Verschiebung 2mal nach unten innen, 2mal nach oben

aussen, einmal direkt nach unten. Hier ist es möglich, eine
vollständige Erblichkeit dieses Entwicklungsfehlers nachzuweisen, da, wie wir gesehen haben, auch der Vater der
3 Geschwister ovale Pupillen hatte und seine sowohl, wie
der Mutter Augen im Allgemeinen nicht normal waren.
Nur hat sich bei seinen Kindern der Bildungsfehler in weit
ausgeprägterem Masse entwickelt, als bei ihm selbst. Luxation der Linse ist in 3 Fällen zu beobachten, in den 3
andern vollständige Ektopie derselben und Aphakie im
Pupillargebiet.

Wie in fast allen Fällen von Corectopie, so konnte
auch in den unsrigen eine ausgesprochene Myopie konstatirt werden, so dass bei Aphakie es oft nur eines
schwächeren Convexglases bedurfte, um den Fehler zu
korrigiren. v. Graefe[1]) spricht sich bei Gelegenheit der
Erwähnung der Corectopie darüber folgendermassen aus:
„Myopie hohen Grades scheint niemals in hierher gehörigen
Fällen zu fehlen; mitunter ist sie so hochgradig, dass nach
vollendeter Linsendislocation nur ein äusserst schwaches
Convexglas erfordert wird. Ob der veränderte Brechzu-
stand des Glaskörpers oder eine Formanomalie des Bulbus,
namentlich Verlängerung der Sehaxe die Myopie bedingen,
ist noch nicht ausgemacht. Die Veränderung des Brechungs-
index allein, bei normalen Abständen und Krümmungen
der brechenden Flächen kann kaum zur Erklärung aus-
reichen, da sie die wahrscheinlichen Grenzen bedeutend
überschreiten müsste; eine Verlängerung der Sehaxe ist
möglich, jedoch ergibt weder der ophthalmoscopische Be-
fund noch die äusseren Messungen bei seitlichster Wen-
dung des Auges etwas, was für dieselbe argumentirt“.

Von irgend welchem Colobom der inneren Augenhäute
war in keinem Falle etwas nachzuweisen. Von Wichtigkeit
für das Colobom sind besonders diejenigen Fälle, in denen

---

[1]) Archiv für Ophthalmologie, II. Bd. Abth. I. pag. 257.

die Verschiebung nach oben erfolgt ist. Nach dem nämlich, was über die Genese der Irisspalte feststeht, könnte man höchstens diejenigen Formen, bei welchen die Ektopie nach unten erfolgt ist, mit dem Colobom in Zusammenhang bringen; doch ist auch hier von grosser Bedeutung die Ringmuskelschicht der Iris, deren Fehlen allerdings auf ein Colobom schliessen liesse; die gleichzeitige Anwesenheit eines Chorioidealcoloboms würde die Entscheidung natürlich erleichtern. Doch sind die Fälle mit Verschiebung nach oben und aussen absolut von dem Colobom zu trennen, wenn man nicht eine abnorm gelegene Fötalspalte annehmen wollte. Hier liess sich jedoch bei keiner der nach unten ektopirten Pupillen ein Defekt in dem Sphinkter pupillae nachweisen.

Vita.

Am 7. April des Jahres 1857 wurde ich, Carl Frickhoeffer, zu Idstein in Nassau geboren. Meine Eltern,
Hofrath Dr. Carl Frickhoeffer und Elise, geb. Pagen-
stecher, evangelischer Confession, leben jetzt in Bad
Schwalbach und erfreuen sich einer guten Gesundheit.

Meinen ersten Unterricht erhielt ich in der Elemen-
tarschule zu Bad Schwalbach, später in der dortigen Real-
schule, welche ich mit vollendetem 14ten Lebensjahre
verliess. Sodann besuchte ich das königl. Gymnasium zu
Wiesbaden, wo ich im Frühjahre 1876 das Zeugniss der
Reife erhielt.

Mein erstes Semester brachte ich in Marburg zu, die
3 folgenden in Strassburg, wo ich am Ende des 4ten Se-
mesters das tentamen physicum absolvirte. Die letzten
Semester begab ich mich nach Bonn, um dort meine Stu-
dien zu vollenden. Am 6. Juli 1880 bestand ich daselbst
das examen rigorosum.

Meine Lehrer waren in Marburg die Herren Pro-
fessoren und Docenten: Greeff, Melde, Lieberkühn,
Wagner, Wigand, Zincke. In Strassburg: de Bary,
Fittig, Golz, Hoppe-Seyler, Joessel, Kundt, Wal-
deyer. In Bonn: Binz, Burger, Busch, Doutrelepont,
Finkler, Kocks, Koester, Madelung, Obernier,
Rühle, Saemisch, Veit.

Allen diesen meinen hochverehrten Lehrern sage ich meinen aufrichtigen Dank. Zu besonderem Dank fühle ich mich verpflichtet Herrn Geh. Rath Veit, in dessen Klinik ich von April bis Juli dieses Jahres die Praktikantenstelle versah, und Herrn Prof. Saemisch für die bereitwillige Unterstützung, die er mir bei Abfassung vorliegender Arbeit stets zu Theil werden liess.

———

Thesen.

1) Der bei Ausführung der sectio alta anzuwendende Mastdarmkolpeurynter ist auch in die Therapie der Prostatahypertrophie aufzunehmen.

2) Das Othaematom ist bei der neueren antiseptischen Behandlung nicht sich selbst zu überlassen, sondern zu operiren.

3) Colobom und Corectopie sind sowohl in ihrer Entwickelung, als auch in ihrer äusseren Erscheinung vollständig von einander zu trennen.

4) Bei akutem Eczem sind Waschungen und Bäder gänzlich zu vermeiden.

Opponenten:

Herr Dr. med. H. Schütte, prakt. Arzt.
Herr W. Meyer, cand. med.
Herr F. Tendering, cand. phil.

Erklärung der Abbildungen.